KB185532

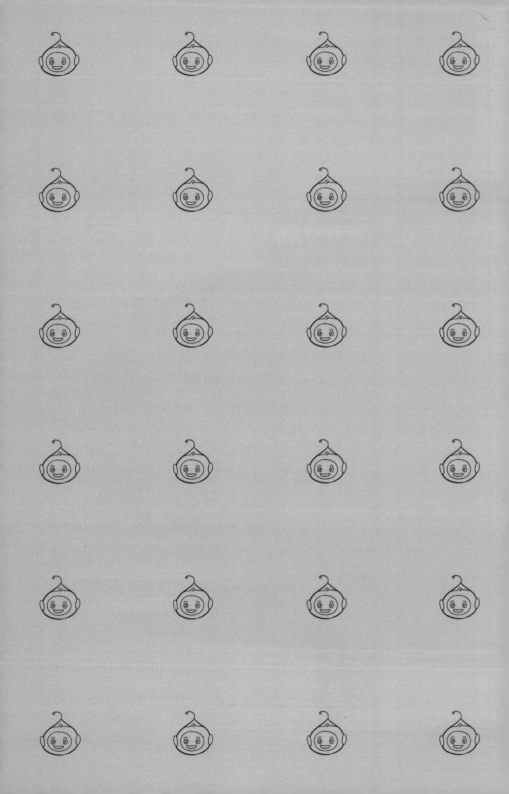

나의 첫 로봇

드림이

MY FIRST ROBOT,
DREAMI

나의 첫 로봇

드림이

MY FIRST ROBOT, DREAMI

글 · 그림 황정순

드림이

생각의창

글쓴이의 말

어린이 여러분 안녕하세요?

저는 『나의 첫 로봇 드림이』를 쓴 황정순 작가예요. 여러분은 처음 학교에 간 날을 기억하나요? 여러분 중에는 씩씩하게 혼자 간 친구도 있었겠지만, 누군가의 도움이나 배웅을 받아 학교에 간 친구도 있을 거예요. 모든 것이 낯설고 힘들 때 누군가 내 손을 꼭 잡아준다면 어떨까요? 생각만 해도 든든하지요?

이 책을 읽는 여러분 주위에는 몸이 불편한 친구도 있을 거예요. 그 친구는 외출할 때 다른 사람의 도움이나

도구가 꼭 필요하답니다. 특히 시각장애인은 맹인견이나 지팡이, 다른 사람의 도움을 받아 길을 건너지요. 이 책의 첫 번째 이야기는 시각장애인인 주현이가 도우미 로봇 드림이를 받고 벌어지는 일들을 그렸어요.

그런데 왜 하필 주인공이 눈이 안 보이는 사람이냐고요?
저는 어느 날 TV에서 맹인견의 삶에 대한 방송을 보고 사람을 위해 많은 것을 참고 살아가는 강아지가 참 대단하다고 생각했어요. 희생하는 강아지들을 보면서 한편으로는 딱하다는 생각도 들었고요. 그래서 미래에 언젠가는 사람들을 도와주는 로봇들이 더 많이 만들어졌으면 좋겠어요.

그래서 떠올린 게 바로 이 도우미 로봇 드림이랍니다. 이 책에는 시각장애인인 주현이가 드림이를 만나고 벌어지는 일들이 흥미진진하게 그려진답니다.

또 드림이 다음에는 하늘다람쥐 또롱이, 요리하는 귀여운 햄스터 이야기도 여러분을 만나기 위해 기다리고 있어요. 하늘다람쥐는 왜 나타났을까요? 햄스터는 어쩌다가 요리하게 된 걸까요? 모두 궁금하지요? 해답은 이 책 안에 있답니다.

자, 이제 책장을 넘겨 볼까요?

여러분이 이 책을 읽는 동안 저는 더 재미있는 다음 책을 준비하고 있을게요.

사랑하는 친구들, 우리 다음에 또 만나요.

2024년 가을,

속초에서 황정순

목차

- 글쓴이의 말 ·4

나의 첫 로봇 드림이

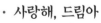

하늘다람쥐 또롱이

행복방앗간의 햄찌

나의
첫 로봇 드림이

첫 만남

오늘은 주현이에게 시각 안내 로봇이 오는 날이에요. 태어나면서부터 눈이 보이지 않는 주현이에게 오는 맞춤 선물이지요. 주현이는 점자 달력을 더듬더듬 만졌어요.

2034년 2월 24일, 달력을 만져보니 오늘 날짜가 가늠이 됐어요.

'다음 주에 개학인데 빨리 로봇이 왔으면…'

두근 두근

주현이는 애가 탔어요.

때마침 '딩동!' 하는 초인종 소리가 들렸어요.

"택배 왔다!"

게임을 하던 동생 승현이가 후다닥 현관문 앞으로 달려갔어요. 곧이어 문이 벌컥 열리는 소리가 들렸어요. 그리고 굵직한 어른 목소리도 들려왔어요.

"안녕하세요? 시각 안내 로봇 주문하셨지요? 아, 이거 안내를 해 드려야 하는데, 혹시 어른은 안 계시니?"

딩 동~!!!

주현이는 얼른 휴대폰을 집어 들었어요. 주현이 휴대폰은 승현이처럼 최신 스마트폰이 아니라 옛날 폴더폰이에요.

눈이 안 보이는 주현이를 위해 엄마가 사주신 핸드폰이지만, 주현이는 동생 것과 다른 투박한 자기 핸드폰이 마음에 들지 않았어요.

주현이는 숫자 1을 찾아서 꾹 눌렀어요. 엄마 핸드폰 번호를 단축번호 1번에 저장해 두었거든요. 일하러 나가셨던 엄마가 서둘러 귀가하셨어요.

"어머, 생각보다 일찍 오셨네요? 5시에 오신다기에 일을 좀 하고 왔어요."

"아 네, 고객님. 로봇 배달이 밀려있어서 늦게 안내해 드렸는데, 앞에 배송이 일찍 끝나서 예정보다 빨리 오게 됐습니다. 지금 설명해 드리려는데 괜찮으신지요?"

"네, 그래요? 잠시만요."

엄마가 물을 벌컥벌컥 마시는 소리가 들렸어요. 주현이는 애가 탔어요. 승현이가 부스럭부스럭 상자를 만지는 소리가 났거든요.

"야, 김승현! 그거 내, 내 거니까 먼저 만지지 마!"

식탁에 앉아 있던 주현이는 몸을 일으켜서 손을 휘저었어요.

"에이, 형아, 나 아직 안 만졌어. 그리고 이거 아직 빅스 안에 있다고."

승현이가 주현이에게 톡 쏘아붙였어요. 엄마가 형한테만 로봇을 구해준 것이 못내 서운했거든요. 엄마는 로봇이 장난감이 아닌 의료 기구라고 했지만, 아홉 살 승현이는 형이 부럽기만 했어요.

아저씨가 스티로폼 상자를 벗기자 귀여운 로봇이 나왔어요. 로봇의 키는 주현이랑 비슷하고, 흰색이었어요. 로봇에는 앙증맞은 팔과 손도 있었어요. 그리고 전원을 켜자 동글동글한 머리가 움직이며 '띠링' 하는 소리가 났어요.

소리가 들리자 주현이는 궁금해서 아저씨와 엄마의 대화에 귀를 기울였어요.

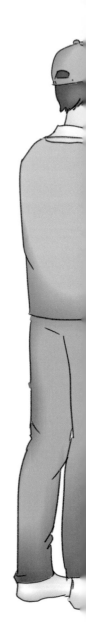

"이렇게 일단 사용자 등록을 하셔야 합니다. AI 칩이 들어 있어서 음성 인식을 하셔야 하거든요. 여기를 꾹 누르시고 비밀번호 네 자리 숫자 입력, 그리고 다시 여기 누르시고."

"아, 네네."

오늘따라 아저씨의 목소리가 잘 안 들렸어요. 원래 청력 하면 주현이를 따라오는 사람이 없을 정도인데요. 가을밤 창밖에서 우는 풀벌레 소리만 듣고도 어떤 곤충인지 맞힐 정도로 주현이 청력은 뛰어나답니다.

주현이는 자꾸 조바심이 났어요. 드디어 설치가 끝나고 아저씨가 가셨어요. 로봇 친구를 가전제품도 아닌데 설치라고 하는 것도 좀 그렇네요. 엄마가 들뜬 목소리로 주현이를 불렀어요.

"주현아, 로봇 왔어. 앞으로 너랑 같이 지내게 될 로봇. 한번 만져볼래?"

　개구쟁이지만 형 일이라면 항상 나서는 승현이가 주현이 손을 잡아 일으켜줬어요. 주현이는 승현이 손을 잡고 로봇 쪽으로 갔어요. 동글동글하면서 매끈한 로봇의 머리가 만져졌어요. 그다음에는 딱딱한 몸통과 매끈하고 튼튼한 다리도 느껴졌고요. 주현이는 엄마의 말대로 로봇의 머리 부분을 손으로 감쌌어요.

"삡, 지문 인식 중."이라는 소리가 로봇에서 들렸어요.

"안녕하세요? 주현님! 저는 알파 24에요. 혹시 제 이름을 바꾸시고 싶으시다면 설명서를 따라 바꿔주시면 돼요."

로봇의 얼굴에 웃는 표시가 떴어요.

주현이는 음성 인식을 하고 사용자 등록을 했어요. 그리고 고민 끝에 로봇 이름을 지었어요. 바로 '드림이'라고요. 꿈을 이뤄주는 소중한 친구라는 뜻이지요.

저녁이 되자 아빠가 퇴근하셨어요. 아빠도 드림이를 보고 신기해하셨어요. 지어준 이름이 기가 막힌다고 칭찬도 하셨어요.

"오, 거참 이름 잘 지었는걸? 영어로는 꿈이라는 뜻이지만 왠지 뭐든지 해드린다는 말 같기도 하고 말이야."

아빠는 넉살 웃음을 지었어요.

주현이는 사실 시각 안내견을 받고 싶었지만, 만 19세가 되어야만 받을 수 있다는 말을 듣고 매우 실망했었어요. 그래서 할 수 없이 맹인용 지팡이를 가지고 다녔지요.

그런데 얼마 전, 나라에서 특별한 선물을 보내준 거예요. 오히려 눈이 멀쩡한 승현이가 부러워할 정도로 특별한 선물을요! 엄마 말로는 경쟁이 치열해서 어렵게 된 거래요. 주현이는 드림이랑 같이 등교할 생각에 맘이 설렜어요.

등굣길

　드디어 개학 날 아침이 밝았어요. 두 형제는 오랜만에 가방을 둘러매고 등굣길을 나섰어요. 주현이 손에는 로봇 드림이가 이끄는 줄이 들려 있었어요. 드림이는 친절하게 길을 안내해주고, 신호등 불빛도 알려줬어요.

　학교 정문을 들어서는데 친구들이 드림이를 보고 말을 걸어왔어요.

　"와! 이거 뭐야? 못 보던 로봇이네? 너도 반려 로봇 산 거야?"

"그러게, 주현이 옆에 신기한 로봇이 있어. 그런데 이거 학교 가져와도 되는 거야?"

아이들이 왁자지껄하게 소리치며 모여들었어요.

"이건 시각 안내 로봇이야. 오늘부터 나랑 같이 다니기로 했어. 이름은 드림이야."

"드림이? 진짜 신기하다, 이런 로봇은 처음 봐."

교실 문을 열자마자 아이들이 우르르 몰려나와 드림이를 구경했어요. 드림이가 어찌나 인기가 많은지 주현이 어깨가 괜히 으쓱해졌지요. 오늘만은 내가 주인공이 된 것 같았어요. 한편으로는 친구들이 좋아하는 드림이 모습이 어떤지 궁금하기도 했어요.

주현이네 반 아이들은 모두 스무 명이에요. 주현이만 수업을 도와주는 보조 선생님이 옆에 계시지요. 늘 주현이를 챙겨주시지만, 여자 선생님이라 주현이가 화장실을 갈 때는 좀 어려웠어요.

하지만 오늘은 주현이 옆에 드림이가 있어요. 주현이는 드림이를 데리고 화장실도 가고, 급식실도 갔어요. 미술 시간이 되자 드림이는 주현이가 찾는 물감을 찍어서 붓을 건네줬어요. 클레이 작품을 만들 때도 도와줬어요.

평소 주현이는 점심시간에 조용히 혼자 앉아서 점자책을 읽곤 했어요.

하지만 오늘은 종이 울릴 때까지 로봇 드림이와 신나게 땀이 나도록 뛰어놀았어요.

친구들도 드림이를 신기해하며 다 같이 어울렸어요. 주현이는 드림이와 함께 있으니 더 이상 불편하지 않았어요. 주현이의 학교생활은 나날이 즐거워졌어요.

드림이의 실수

어느덧 시간이 흘러 날씨는 초여름처럼 더워졌어요. 오늘은 주현이네 반이 과학 단원 평가를 보는 날이에요. 눈이 불편하긴 하지만, 주현이도 다른 아이들과 마찬가지로 시험을 봐야 해요. 주현이는 무심코 점자 문제지를 만지다가 혼잣말로 말했어요.

"음 퇴적암에 대한 문제네. 퇴적암이 뭐더라?"

그때 옆에 있던 로봇 드림이가 큰 소리로 대답했어요.

"띠리링! 네, 주현 님, 퇴적암은 퇴적물이 오랜 시간 동안 다져지고 굳어져 만들어진 암석입니다!"

교실 안에 드림이의 목소리가 낭랑하게 울려 퍼졌어요. 너무 순식간에 벌어진 일이었어요.

그 순간 시험을 보던 아이들이 일제히 뒤를 돌아봤어요. 담임 선생님 눈은 놀란 토끼 눈이 되었고요. 문제지를 전해주고 돌아서던 보조 선생님도 깜짝 놀랐어요. 주현이는 당황해서 얼굴이 벌겋게 됐어요.

"주현이, 이기 무슨 소리니? 너 혹시 로봇한테 답을 물어본 거야?"

담임 선생님의 불호령이 떨어졌어요.

주현이는 다급하게 손을 내저으며 말했어요.

"아니에요, 선생님! 이거 제가 그냥 혼잣말한 건데 드림이가 대답해버린 거예요. 일부러 알려달라고 한 거 아니에요."

"실수라고 해도, 친구들도 같이 시험 보는데 그럼 안 되지. 앞으로 평가 중에는 드림이를 꺼놓던가 해라."

"네. 죄송해요."

주현이는 드림이 때문에 혼났다고 생각해서 속상했어요. 그래도 눈물을 꾹 참고 평가시험을 치렀어요.

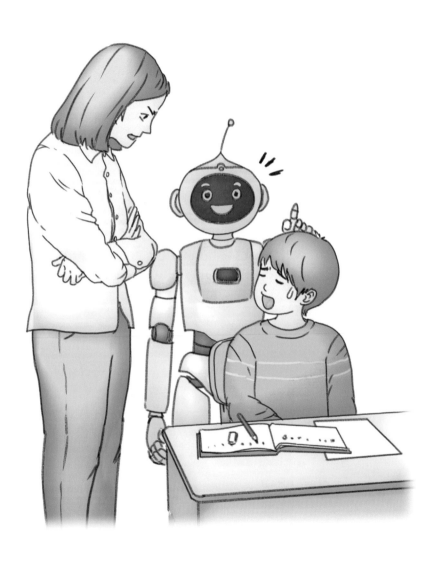

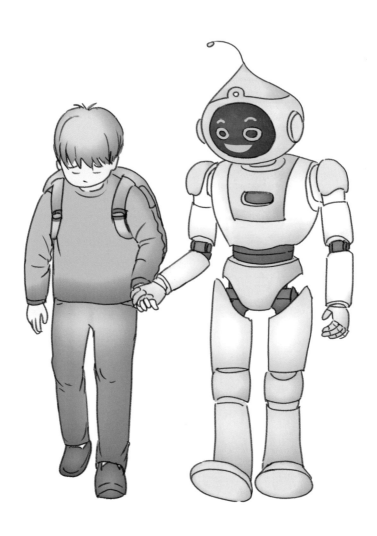

주현이는 수업을 마치고 터벅터벅 집으로 향했어요. 눈치 없는 드림이는 그런 주현이 속도 모르고 졸졸 따라왔어요. 아니, 정확히 말하면 재잘재잘 안내하는 드림이를 따라 주현이가 따라간 거지요. 집으로 돌아온 주현이는 침대에 턱 누웠어요.

'괜히 드림이를 데려왔어. 차라리 안내견이 귀엽고 좋은 거 같아. 안내견은 시험 중에 헛소리하지는 않겠지.'

드림이는 누워 있는 주현이 발치에 조용히 앉아 있었어요.

'오늘 하루만 충전시키지 말까?'

나도 반려견이 있었으면

다음 날 아침이 되었어요. 출근 준비로 부산하게 움직이던 엄마 목소리가 들렸어요.

"김주현, 너 왜 드림이 충전 안 시켰어? 배터리가 거의 없잖아. 핸드폰은 꼬박꼬박 충전하면서 정작 중요한 로봇을 충전 안 시키면 어떡하니?"

화가 난 목소리로 엄마가 닦달했어요.

"그러게, 형아. 드림이 지금 눈 감고 있잖아."

동생 승현이가 엄마 말을 거들었어요.

"아 참, 깜빡했어요. 오늘은 승현이가 저 도와주면 되잖아요."

주현이가 책가방과 흰 지팡이를 챙기며 말했어요.

"형, 나 오늘 일찍 끝나는 날인데. 친구들이랑 같이 문방구 가기로 했단 말이야."

"에이, 이번만 도와달라니까 그것도 못 하냐? 약속은 미루면 되지."

주현이 핀잔에 승현이 입이 삐죽 튀어나왔어요. 오늘은 형을 돕기가 귀찮았거든요.

"그래, 승현아, 오늘 하루만 좀 형 좀 기다리다가 와. 형이 수업 끝나고 전화할 때까지 놀이터에서 놀면 되잖니? 엄마가 다음에 문방구 같이 가줄게."

승현이는 투덜거리며 주현이와 등교를 했어요. 주현이는 종일 기분이 허전했어요. 늘 같이 있던 드림이가 없으니 그런 건가 봐요.

'체, 내 기분도 모르는 멍청한 로봇 따위.'

주현이는 승현이 손을 잡고 하교했어요. 막 사거리를
건너는데 승현이가 반갑게 인사하는 소리가 들렸어요.

"어, 민준이 형이다. 형아 안녕?"

"아, 승현이구나. 옆에 주현이도 있니?"

복지센터에서 수업을 같이 들었던 민준이 형
이에요. 민준이 형은 올해 만 19세가 되어서
시각 안내견 코코를 받았어요. 주현이 손
끝에 복슬복슬한 코코의 털이
느껴졌어요.

"응, 형아 코코 너무 귀
엽다. 안녕, 코코! 오랜만
이야."

승현이가 코코 머리를 쓰다듬는 모양이에요. 주현이도 코코의 등을 어루만졌어요. 물론 형 허락을 맡고요. 승현이가 편의점에 간 동안 주현이는 가게 앞 테이블에 앉아 민준이 형과 이야기를 나누었어요.

"형, 코코는 진짜 착한 것 같아요. 짖지도 않고. 형, 코코 말 잘 들어요?"

"그럼. 코코 정말 착해. 말도 잘 듣고. 코코가 생기고 움직이는 게 많이 편해졌어. 옆에 항상 친구가 있으니 든든하기도 하고."

"코코가 친구라고요? 헤헤, 형, 코코는 강아지잖아요."

"강아지지만, 내 마음을 읽는지 힘들 때 많이 도움이 돼. 위로도 해주고 애교도 많고."

"나도 빨리 스무 살이 돼서, 형처럼 시각 안내견을 받았으면 좋겠어요."

"무슨 소리야? 주현아 넌 대신 로봇 받았다며."

"흥, 그 바보 로봇. 형, 로봇은 코코랑 달라요. 눈치도 없고 드림이 때문에 시험 중에 크게 혼났단 말이에요."

주현이는 지난번 학교 시험 중에 있었던 일을 얘기했어요.

"주현아, 그건 드림이가 너를 도와주려다가 실수를 한 거야. 일부러 그런 건 아닐 거야. 로봇은 항상 사람을 돕도록 설계되어 있잖아. 난 어쩌다가 안내견을 받았지만, 마냥 마음이 편한 것만은 아니야."

"왜요?"

"시각 안내견들은 안내견이 되면 평생 본능을 억누르고 살아야 해. 먹고 싶은 것도 참고 맘대로 놀지도 못해. 또 짖지도 못하지. 그래서 코코도 종종 어려움을 겪어. 식당에서 못 들어오게 할 때도 있고."

형은 코코를 쓰다듬으면서 말했어요. 코코는 얌전하게 형 발치에 엎드려 있었어요.

"코코한테 늘 미안하고 고마워. 코코가 나를 위해 참는 게 많은 것 같아. 그리고 앞으로 코코가 나이가 들면 우리는 헤어지게 되겠지. 그런 생각을 하면 벌써 마음이 아파."

"그래도 형은 코코랑 있어서 좋잖아요. 코코는 감정도 있고."

"응, 그렇긴 해. 내가 힘들어하면 코코가 와서 핥아줘. 그건 위로가 돼."

"나도 형처럼 강아지가 있었으면…."

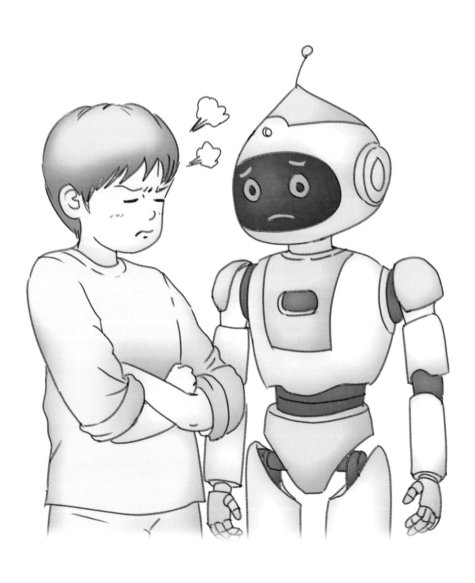

민준이 형과 헤어지고 집에 와서 주현이는 드림이를 만
져봤어요.

보드랍고 따뜻하던 코코와 다르게 드림이는 딱딱하고
차갑기만 했어요. 전원이 꺼진 드림이는 커다란 쇳덩이
같았어요. 주현이는 한숨을 푹 쉬었어요.

'후⋯. 역시 아니야. 그래도 내일 데려가야겠지? 혼자
등교하는 것보다는 나으니까.'

· · ·

뜻밖의 사고

다음 날 아침 주현이는 드림이를 데리고 학교에 갔어요. 방과 후에는 친구들과 놀러 나간 동생 대신 드림이의 손을 잡고 하교했어요. 주현이가 막 건널목을 건너 인도로 가고 있을 때였어요.

'끼이이익!'

어디서 바퀴가 미끄러지는 듯한 큰소리가 났어요! 갑자기 자동차가 차선을 넘어 주현이에게 돌진했어요. 그 순간, 드림이가 "삐! 위험! 위험!" 하면서 주현이를 밀쳤어요.

작은 로봇에게서 어디서 그런 힘이 났는지 몰라요. 주현이는 인도 구석까지 밀려서 넘어졌어요.

"악!"

주현이가 비명을 지르며 넘어지자마자 '쿵' 하는 소리가 났어요.

'콰직!'

곧이어 무엇인가 심하게 부서지는 소리도 들렸어요. 넘어진 곳을 문지르며 주현이는 손을 뻗었어요.

"악! 어머나! 어떡해! 얘, 괜찮니?"

뒤쪽에 있던 아주머니가 다급히 달려왔어요. 하마터면 주현이는 차에 치일 뻔했어요.

차 안에는 술에 취한 할아버지가 타고 있었어요. 주현이는 드림이가 밀친 덕에 살았지만 드림이는 전봇대와 차 사이에 끼어서 완전히 부서지고 말았어요. 주현이는 너무 놀라고 슬퍼서 엉엉 울었어요. 곧 경찰차와 구급차가 오고, 주현이 부모님도 연락을 받고 부랴부랴 달려오셨어요.

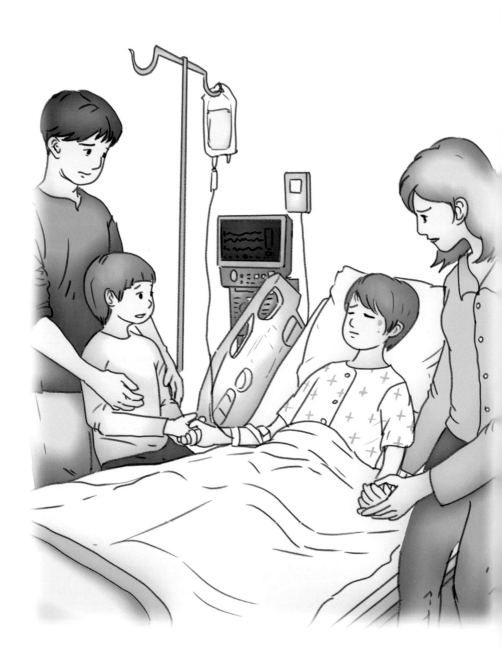

다행히 주현이는 가벼운 상처만 입었어요. 그래도 치료를 받으러 얼른 병원으로 향했어요. 치료를 받고 난 후 주현이는 엄마에게 물었어요.

"엄마, 내 로봇은? 드림이는 어딨어?"

"주현아, 드림이가 널 구했어. 그리고…"

엄마 말씀으로는 드림이가 없었다면 큰일이 났을 거예요. 드림이가 희생해서 주현이를 구했다고 하셨어요.

주현이의 사고 소식은 TV 뉴스에도 나왔어요. 기자들은 시각 안내 로봇 드림이를 칭찬하는 기사를 썼어요. 퇴원한 주현이는 드림이 생각이 떠올라 눈물이 주르륵 났어요. 가족들이 상심한 주현이를 위로해도 소용이 없었어요.

'드림아, 미안해.'

주현이는 마지막에 드림이한테 화냈던 자기 모습이 자꾸 떠올랐어요.

생명구현

사랑해, 드림아

그로부터 한 달 후, 사고를 낸 할아버지네 가족이 다른 로봇을 보내줬어요. 드림이보다 더 좋은 최신로봇으로요.

그래도 주현이는 영 마음이 안 풀렸어요. 새 로봇은 목소리도, 모양도 드림이와 달라서 정이 안 갔어요.

풀이 죽은 주현이 손목에 엄마가 팔찌를 채워주며 말했어요.

"주현아, 이 팔찌에 드림이가 들어 있어. 한번 들어봐."

그 팔찌는 드림이의 메모리를 복원한 칩이 들어 있는

장치였어요.

"안녕? 주현아, 나 드림이야."

주현이는 드림이의 목소리를 듣자마자 눈물이 왈칵 쏟

아졌어요.

"너 정말 드림이야? 진짜야?"

"응, 맞아. 내 몸은 부서졌지만. 다행히 마음은 여기 옮겨졌어."

"드림아, 구해줘서 정말 고마워. 드림아 나 때문에, 흑흑…. 미안해."

"아니야, 난 괜찮아. 꼭 해야 할 일을 한 것뿐인걸. 그런데 친구를 구하는 건 당연한 것 아니야? 주현이 넌 내 친구잖아."

"친구?"

"응. 이제 나는 업그레이드가 돼서 너처럼 감정도 느낄 수 있어. 내 기억 속에 너는 나의 첫 단짝 친구야."

"드림아…."

드림이는 최신 버전이 되면서 사람처럼 감정도 느낄 수 있게 된 거예요. 또한, 팔찌의 특별한 센서 덕분에 이제 주현이의 마음도 살필 수 있게 되었어요. 주현이만을 위한 안내 로봇이자 평생 친구가 된 거죠.

주현이는 팔찌 속의 드림이를 새로 온 로봇에도 연동시

켰어요. 새 로봇에서 드림이의 목소리가 나왔어요. 드림이는 팔찌에도 있고 로봇 안에도 있게 되었어요. 주현이는 늘 차가웠던 드림이의 손이 오늘은 왠지 더 따뜻하게 느껴졌어요.

'영원한 내 친구, 멋진 내 로봇 드림아!'

주현이는 양팔로 드림이를 꼭 안았어요.

하늘다람쥐
또롱이

내 이름은 미래

'부르릉.'

흙먼지를 날리며 회색 승용차가 비포장도로 길 위를 달렸어요. 차가 언덕을 오르자 멀리 파란 슬레이트 지붕을 얹은 할아버지네 집이 보였어요.

'맴맴' 매미 소리가 울려 퍼지는 한여름 날씨에 미래네 할아버지는 대청마루에 앉아 연신 부채질했어요. 할아버지의 이마에는 송골송골 땀이 맺혀있었어요.

"어휴, 무슨 날씨가 이렇게 더워? 푹푹 찌네, 쩌. 임자, 애들 몇 시에 온다고 했지?"

"아침에 출발했으니 이제 곧 올 때 됐는데. 그나저나 차가 막히나? 평소보다 좀 늦네…"

뒷짐을 진 할머니가 대문 밖을 내다보며 한마디 하자마자 빵빵하는 자동차 경적 소리가 들렸어요. 할아버지와 할머니는 반가운 마음에 한달음에 대문 밖을 나섰어요.

"할아버지, 할머니! 저 왔어요."

예닐곱 살의 귀여운 양 갈래머리를 한 여자아이가 승용차에서 폴짝 뛰어내리며 말했어요.

"저희 왔어요. 아버지."

곧이어 캐리어 가방을 내리며 미래 아빠가 말했어요.

"미래 어미는 이번에 안 온 게냐?"

"그게 저…"

미래가 누렁이 멍구를 쓰다듬는 사이 미래 아빠는 할아버지께 그간의 일을 설명했어요. 미래 아빠는 하시던 사업이 잘되지 않아 계속 집에만 있었어요. 미래 아빠가 집에서 수염도 깎지 않고 술만 마시자 미래 아빠와 엄마는 매일 다퉜어요.

그러다가 며칠 전에 아빠가 강원도 할아버지네 집에 올라가겠다고 선언했고, 엄마는 그러면 자기는 서울에 남겠다고 했어요. 미래는 엄마와 헤어지기 싫었지만, 아빠는 막무가내로 미래를 데리고 오늘 아침에 할아버지 댁으로 와버렸어요.

마침 미래가 다니던 유치원도 방학이라서, 미래도 얼떨결에 아빠랑 같이 오게 된 거예요. 마당에 쭈그려 앉은 미래가 주렁주렁 열린 방울토마토와 가지를 보고 있는데 멀리서 아빠의 목소리가 들렸어요.

"일단 한 달 정도 여기서 미래 적응시키고, 그다음에 미래 엄마 설득해서 꼭 데려올게요, 너무 걱정하지 마세요들."

미래 할머니와 할아버지는 한숨을 푹 쉬었어요.

마루 위의 작은 손님

　낯선 잠자리에 뒤척거리던 미래는 '꼬끼오' 하는 닭 울음소리에 눈을 떴어요. 할아버지가 키우시는 수탉이 우는 소리예요.

　미래는 졸린 눈을 비비며 몸을 일으켰어요. 아침볕이 드리운 대청마루 한가운데 조그만 회색 덩어리가 보였어요.

　회갈색의 자그마한 털 뭉치는 축 늘어져 있었어요. 미래는 얼른 아빠를 불렀어요.

"아빠, 아빠! 이것 봐요! 여기 다람쥐가 자고 있어요."

"아니 이건? 이건 다람쥐가 아니란다. 비슷하게 생기긴 했지만, 하늘다람쥐라는 거야. 미래야. 덩치가 좀 작은 걸 보니 새끼 같은데. 근데 기운이 없는 걸 보니 어디 아픈가 본데?"

"아이고 저런 불쌍한 것. 더운 여름이라 탈진이 왔나 보다."

할머니가 안쓰럽다는 듯이 혀를 끌끌 찼어요. 하늘다람쥐는 눈을 꼭 감고 가쁜 숨을 몰아쉬고 있었어요. 할머니께서 얼른 물을 떠 오셨어요. 할아버지는 서둘러 땅콩을 가져왔어요. 물을 마시고 기운을 차린 하늘다람쥐가 눈을 떴어요. 미래는 하늘다람쥐 이름을 '또롱이'라고 지어주었어요. 눈이 아주 똘망똘망했거든요.

그날 밤, 미래는 또롱이를 머리맡에 재웠어요. 그런데 자꾸 밖에서 찍찍거리는 소리가 나는 것 같았어요. 그 소리에 힘없이 누워있던 또롱이도 갑자기 몸을 일으켜 같이 울음소리를 냈어요. 미래는 걱정이 되었어요.

"또롱아, 혹시 너희 가족이 온 거야? 어쩌지? 아빠가 내일 구조센터에 전화하신다고 했는데. 너 천연기념물이라며. 근데 이러다 진짜 가족이랑 헤어지게 되면 어떡해?"

삑삑 우는 또롱이의 눈가가 촉촉해진 것 같았어요. 미래는 엄마 생각이 문뜩 났어요. 또롱이의 마음을 왠지 알 것 같았어요.

할아버지 양봉통에 무슨 일이?

다음 날 아침이 되었어요. 미래는 또롱이 걱정에 밥을 먹는 둥 마는 둥 했어요. 도무지 머릿속에서 또롱이 생각이 떠나질 않았어요.

"아빠, 우리 또롱이 안 보내고 같이 살면 안 돼요?"

"그게 무슨 말이냐? 하늘다람쥐는 천연기념물이라 우리가 키울 수가 없어. 그리고 쟤는 몸이 많이 약한 것 같아. 빨리 야생동물 구조센터에 연락해야 해. 아쉽겠지만 미래야, 이게 또롱이를 살리는 길이야."

아빠 말씀에 할아버지, 할머니도 고개를 끄덕거리셨어요.

구조센터에 전화를 걸고 나서 아빠와 할아버지는 작
업복을 주섬주섬 입으셨어요. 할아버지의 본업은 원래
양봉업이에요.

할아버지는 뒷산에 사백 통 가까이나 벌통을 길러요. 할아버지 산에는 아카시아꽃도 많이 피고 고욤나무꽃도 많이 피지요.

'미래 벌꿀 농원'을 오십 년째 운영하시는 할아버지는 양봉에 대한 애착이 크셔서 첫 손녀 이름도 '미래'라고 지으셨어요. 할아버지는 일을 하다 말고 한숨을 쉬셨어요.

"그나저나, 요새 벌들이 자꾸 죽어서 걱정이야."

말씀하시는 할아버지의 낯빛이 어두워졌어요.

"벌들이 많이 줄었어요?"

아빠가 할아버지께 물었어요.

"어, 그게 뭐 기후변화다, 관리 부실이다, 말이 참 많지만, 내가 보기엔 저 윗마을에서 요새 드론 농법인가 뭔가 하거든. 거기서 치는 농약 때문인 거 같아. 이러다 너한테 물려줄 벌통도 없겠어."

할아버지께서 미간을 찌푸리며 말했어요.

"아, 아직 저 마음 못 정했어요. 양봉을 할지 말지."

아빠는 할아버지의 눈을 피하며 고개를 저었어요.

"이 녀석 참, 그러면 이거 할아버지 때부터 하던 건데
네가 안 하면 도대체 누가 하냐, 나도 이제 일흔여섯이구
먼. 요새 허리가 아파서 통 힘들어. 너도 일 물려받으려
고 여기 온 거 아니냐, 또 사업인가 뭔가 헛꿈 꾸는 거

미래 벌꿀농원

자연 숙성꿀/
로얄제리/ 화분

T:010-0010-1234

아니지?"

"에이, 그런 거 아니에요…"

할아버지의 호통에 아빠는 묵묵히 양봉장으로 발을
옮겼어요.

· · ·

아빠는 왜?

"쾅쾅!"

누군가가 할아버지 대문을 세게 두드렸어요. 낯선 이의 방문에 누렁이 멍구가 컹컹 짖었어요.

"어르신, 계십니까? 저 이장이에요. 잠깐 나와보세요. 손님 오셨어요."

할아버지 댁에 이장 아저씨와 검은색 양복을 입은 아저씨 둘이 찾아왔어요. 근처에 짓는 골프장 사업 때문에 할아버지 댁을 찾아온 거라고 해요. 할아버지네 '미래 벌꿀 농원'과 산을 사서 골프장과 리조트를 만들려고요.

사업 이야기를 하는 아저씨들의 말에 아빠의 눈이 한껏 커졌어요.

아빠가 그렇게 설레는 표정을 짓는 건 진짜 오랜만이에요. 아빠는 눈을 반짝이며 할아버지를 설득했어요. 그렇지만 할아버지는 완고한 표정으로 입을 꾹 다물고 계속 고개를 저었어요.

할머니는 아빠와 할아버지 사이에서 난처한 표정을 지으셨어요. 결국, 아저씨들은 나중에 연락드린다며 서류와 명함을 놓고 갔어요. 아저씨들이 간 후 안방에서 계속 큰소리가 오갔어요. 미래는 엄마, 아빠가 부부싸움을 할 때 했던 것처럼 양손으로 귀를 꽉 막았어요.

잠시 후 씩씩거리며 아

빠가 문을 쾅 닫고 나갔어요. 아빠는 왜 그러는 걸까요. 지금 벌꿀 농원과 할아버지네 산은 온통 재미있는 것들 천지인데 왜 아빠는 팔자고 하는 걸까요? 더군다나 여기는 할아버지, 할머니 것인데 아빠는 참 욕심쟁이예요. 미래는 검정고양이 뚱고 등을 쓰다듬으며 생각했어요.

야생동물 구조센터

오후에 야생동물 구조센터에서 사람들이 왔어요. 케이지를 들고 구조복을 입은 아저씨들과 의료 키트를 든 수의사 선생님이 오셨어요.

미래네 가족은 또롱이가 있는 곳으로 사람들을 안내했어요. 하늘다람쥐 또롱이는 안전하게 구조되었어요.

"처음 이 하늘다람쥐를 발견한 곳이 어딥니까?"

"여기 마루 한가운데 있었어요."

"그래요? 저 그러면 혹시 집 주변을 둘러봐도 되겠습니까? 근처에 서식지가 있을지도 모릅니다."

구조사 아저씨는 집주변과 뒷산을 살펴보러 올라갔어요.

할아버지네 산에 있는 큰 떡갈나무 아래에서 고양이 뚱고가 야옹거리는 소리가 들렸어요. 뚱고는 뚱뚱한 몸을 일으켜 나무를 타려고 몸을 버둥거리며 날카로운 울음소리를 냈어요. 잔뜩 경계하는 표정을 지으면서요.

나무 위를 올려다보니 작은 하늘다람쥐 한 마리가 가지에 앉아 오들오들 떨고 있었어요. 착지에 실패한 건지 겨드랑이 쪽 피막에 작은 상처가 나 있었어요.

"여기야, 여기! 한 마리가 더 있어!"

야생동물 구조사 아저씨들이 서둘러 하늘다람쥐를 구조했어요. 얼핏 보니 또롱이보다 덩치가 조금 더 커 보였어요.

"저기 떡갈나무 구멍이 둥지인 것 같네요."

"집에서 발견된 거랑 좀 비슷하긴 한데, 수놈인 것 같아요. 둘이 짝일 수도 있겠네요. 일단 치료를 위해 센터로 갑시다."

아저씨들이 하늘다람쥐를 데려가자 미래는 마음이 아

팠어요. 강원도에서 처음 사귄 친구인데 이렇게 헤어지다니, 미래는 코가 시큰시큰, 눈물이 핑 돌았어요. 하지만 아저씨들이 곧 다시 만날 수 있다고 약속을 해줬으니까 그 말을 믿어야겠지요.

하늘다람쥐와 까막딱다구리

몇 주가 지나고 야생동물 구조사 아저씨들이 다시 미래 벌꿀 농원을 찾아왔어요. 이제 건강해진 하늘다람쥐들을 원래대로 돌려놓으려 한다고 했어요. 할아버지네 뒷산에 있는 큰 떡갈나무에 있는 둥지를 조사하러 나왔다고 하셨어요. 그런데 조사를 나간 아저씨들이 곤란한 표정을 지으며 내려오셨어요.

"이거, 이거. 큰일이네요. 떡갈나무 둥지가 하늘다람쥐 둥지가 아니고 딱따구리 둥지였어요."

"네? 딱따구리요?"

"네, 그것도 몇십 년 만에 처음 보는 멸종위기종 까막딱따구리네요. 하늘다람쥐도 흔한 게 아닌데, 까막딱따구리까지. 이거 참. 다른 나무에 인공 둥지를 만들어야겠는데요?"

"지 니무는 어떨까요?"

미래네 가족은 떡갈나무 옆에 있는 아름드리 상수리나무를 가리켰어요. 또롱이 가족이 살기에는 안성맞춤이었지요. 야생동물 구조사 아저씨들은 상수리나무 꼭대기쯤에 하늘다람쥐를 위한 집을 달아주었어요. 이렇게 하늘다람쥐들은 다시 할아버지네 산으로 돌아왔어요.

. . .

TV에 나왔어요

할아버지네 나무들에 천연기념물 까막딱따구리와 하늘다람쥐가 산다는 게 소문이 나자, 사진동호회 아저씨들이 구경하러 왔어요. 어떻게 알았는지, 지역 방송국에서도 취재를 나왔어요.

"처음에 만나게 된 건요. 제가 아침에 나왔는데 바로 여기 마루에 하늘다람쥐가 누워있었어요. 하늘다람쥐를 처음 봐서, 전 다람쥐인 줄 알았어요."

떠듬떠듬 미래는 두근거리는 가슴을 안고 인터뷰를 했어요.

"허허, 하늘다람쥐도 태어나서 처음 봤는데, 까막딱따구리까지. 내가 살다 살다 이런 일을 다 겪다니. 올해는 정말 좋은 일이 생길 것 같군요."

할아버지는 카메라 앞에서 너털웃음을 지었어요.

"우리 산이랑 숲이 얼마나 보존이 잘된 건지 알겠지요? 요새 말로 청정 지역이지요. 청정 지역. 저희 꿀은 청정 지역에서 나는 최고 품질의 토종꿀이에요!"

할머니는 이때다 싶으셨는지 이번에 딴 꿀을 들고 앞으로 쑥 내밀었어요.

"부모님을 도와 양봉 일을 배우고 있는데, 마침 저희 산에 이런 보물들이 와서 이게 무슨 일인가 싶네요."

아빠는 왠지 모르게 쓴웃음을 지었어요. 환경부에서 조사를 나와서 그런 걸까요? 요 며칠 골프장 아저씨들은 코빼기도 비추지 않았어요. 미래 가족의 인터뷰와 동물들의 영상은 TV 뉴스에도 나왔어요. 사람들은 귀여운 하늘다람쥐 또롱이와 아롱이(미래가 붙여준 이름이에요.)의 모습에 넋을 잃었어요. 또 몇십 년 만에 처음 본다는 까막딱따구리도 신기해했어요. 하늘다람쥐들이 몸을 쭉 펴고 행글라이더처럼 휭 날아가는 장면은 소셜미디어에서도 화제가 됐어요.

이제 우리는 함께야

뜨겁기만 하던 여름 햇볕도 이제는 견딜 만해지고 얼굴을 스치는 바람도 제법 선선해졌어요. 들녘에 벼도 누렇게 익어가고, 할아버지네 산도 점점 불그스름해졌어요. 가을이 되자 드디어 서울에서 엄마가 왔어요. 미래는 엄마, 아빠와 읍내에 있는 아파트에서 살게 됐어요.

엄마 말로는 초등학교 바로 앞이라 여기서 살아야 한대요. 그리고 미래는 초등학교 앞에 있는 학원에 다니게 됐어요. 부족한 한글 공부를 더 해야 한다고요.

이런, 할아버지네 누렁이 멍구도 못 보고, 고양이 뚱고도 못 보고, 닭장도 구경 못 한다니 너무 아쉬워요.

그중에서 제일 아쉬운 건 하늘다람쥐 또롱이와 아롱이를 못 본다는 거예요. 미래는 삐뚤빼뚤하게 연필을 꾹꾹 눌러 쓰며 학원 숙제를 하다가 한숨을 푹 쉬었어요.

'엄마가 와서 행복하지만, 할아버지 집에서 놀 때가 더 좋았어. 숙제도 없고. 휴….'

그래도 좋은 점은 미래도 이제 동물 친구들 말고 사람 친구들이 생겼다는 점이에요. 같은 학원 다니는 은지와 희망이라는 동갑내기 친구들이 생겼어요.

이듬해 봄이 되자 드디어 미래는 초등학교에 입학했어요. 그리고 할아버지네 산은 환경부의 승인을 받아 자연휴양림이 되었어요. 천연기념물이 사는 보호구역이 된 거예요.

할아버지와 할머니는 '미래 벌꿀 농원'을 다른 곳에 여셨어요. 보상금으로 휴양림 근처에 땅을 사셔서요. 미래네 아빠는 자연휴양림의 관리소장이 되셨고 쉬는 날에는 할아버지 양봉 일을 돕기로 했어요. 엄마는 자연휴양림 내 체험 센터에서 일하시게 되었어요. 그곳에서 디자이너였던 엄마의 적성을 살려 하늘다람쥐 모형 공예 수업을 여세요.

덕분에 미래는 엄마, 아빠가 출근하실 때마다 휴양림에 놀러 가요. 이번 주말에는 단짝 은지와 희망이가 휴양림에 오기로 했어요. 하늘다람쥐 또롱이, 아롱이가 새끼를 낳았거든요. 또 딱따구리 가족의 알도 부화했고요. 친구들이 오면 미래가 나서서 동물 친구들 소개를 해줄 거예요. 이제 미래도 어엿한 '미래자연휴양림'의 꼬마 해설가니까요.

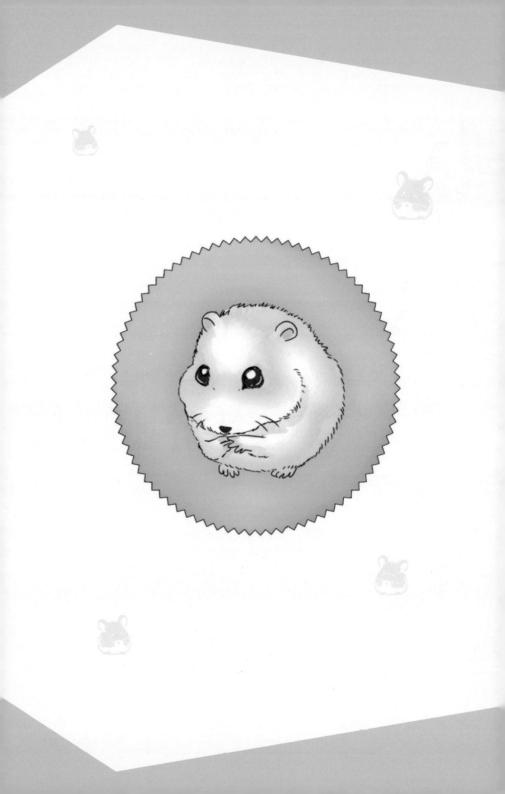

행복방앗간의
햄찌

행복방앗간의 하루

"오늘도 멋진 하루를 시작해 볼까?"

털이 몽글몽글한 하얀 햄스터 한 마리가 정성껏 손과 발을 다듬었어요. 그때 햄스터의 동그란 엉덩이를 쿡 찌르는 눈치 없는 손가락. 바로 꼬마 요리사 민이였어요.

"뭐야? 지금 한참 단장 중인데?"

"히히, 아직 멀었어? 이제 슬슬 준비해야지?"

앞치마를 매고 요리사 모자를 고쳐 쓰며 민이가 말했어요.

민이는 행복방앗간의 외동아들이에요. 장래에 최고의 요리사가 되고 싶은 꿈을 가진 열 살 소년이랍니다. 민이는 얼마 전에 「라따뚜이」라는 애니메이션을 봤어요. 그리고 며칠 만에 우연히도 말하는 햄스터 '햄찌'를 만났지요. 그리고 햄찌가 보통 햄스터가 아닌 천재적인 미각을 갖춘 특별한 햄스터라는 사실을 알게 되었어요. 그렇게 햄찌는 민이의 친구이자 동료 요리사가 되었어요. 민이는 '라따뚜이'처럼 햄찌의 도움을 종종 받게 되었어요.

다음 주 주말에는 아주 중요한 행사가 있어요. 일요일에 열리는 한식 페스티벌에 민이네 가게도 참가하기로 했거든요. 그 대회에서 민이네는 새로운 맛있는 떡을 만들기로 했어요. 아빠와 엄마가 열심히 준비 중이시지만 민이도 도움이 되고 싶었어요. 그래서 다들 자는 이른 아침에 햄찌를 데리고 떡집 주방으로 나온 거예요.

"민이야, 이번 떡은 찹쌀떡으로 하는 게 어때? 내가 그래서 이거 어제 쟁여놨는데…"

햄찌가 왼쪽 볼 주머니에서 호박씨와 해바라기씨를 꺼

내며 눈을 반짝거렸어요.

"윽, 설마 입에서 꺼낸 걸 쓰자는 건 아니지? 그거 어제 내가 준 거잖아."

민이가 기겁하며 눈살을 찌푸렸어요.

"아니, 호박씨와 해바라기씨를 소에 넣으면 어떠냐는 이야기야. 이건 내 간식이고."

햄찌가 바쁘게 조막만 한 손을 내저으며 말했어요. 그러고 나서 호박씨와 해바라기씨를 소중히 안아 다시 볼주머니에 넣었지요.

"그래? 그럼, 한번 넣어볼까?"

민이는 찹쌀떡 안에 들어갈 해바라기씨와 호박씨를 다지기 시작했어요. 햄찌는 그런 민이 주위를 빙그르르 돌며 맛을 보고 고개를 갸우뚱했어요.

"계피도 넣어볼까?"

햄찌가 계핏가루를 살짝 더하자 맛이 더 좋아졌어요.

아침 일찍 민이와 열심히 요리연구를 한 탓인지 햄찌는 잠이 솔솔 왔어요. 하긴 햄스터는 야행성이라, 낮에는 잠을 자야 하지요. 사르르 감기는 햄찌의 눈에 열심히 땀을 흘리며 민이가 떡을 치대는 장면이 비쳤어요. 햄찌는 하품을 하며 생각했어요.

'평소처럼 자고 나면 민이가 집에 넣어주겠지?'

곧 햄찌는 동그랗게 몸을 말고 쌔근쌔근 단잠을 자기 시작했어요.

여긴 어디?

얼마나 잠을 잤을까? 햄찌는 바스락바스락 소리에 갑자기 눈이 떠졌어요. 사방이 온통 깜깜했어요. 이제 밤이 된 걸까요? 햄찌는 짧은 팔과 다리를 쭉 뻗어 기지개를 켰어요.

그런데 느낌이 이상했어요. 바닥에 푹신한 종이 베딩이 아닌, 미끈미끈하고 차가운 비닐이 느껴졌거든요. 햄찌는 코를 킁킁대며 주위를 둘러보았어

요. 사방에서 달콤한 찹쌀떡 냄새가 났어요. '딸깍!' 소리
와 함께 갑자기 햄찌가 들어 있던 찹쌀떡 상자의 뚜껑이
열렸어요.

"원장님, 이거 지금 먹어도 돼요?"

'악, 눈부셔!'

낯선 천장과 목소리에 햄찌는 깜짝 놀라 몸을 바짝 웅
크렸어요. 사랑보육원 아이들은 '행복방앗간'이라고 쓰여
있는 상자를 열어 찹쌀떡을 하나씩 집어 먹었어요. 달콤
하고 쫀득한 맛에 모두 황홀한 표정이었어요.

그때 막내 송이가 고사리손으로 햄찌를 꾹 움켜쥐며
말했어요.

"잘 먹겠습니다!"

햄찌는 깜짝 놀라 '찍!' 소리를 내고 말았어요. 이빨이
두 개 빠진 해맑은 여자아이가 햄찌를 보고 놀란 눈을
크게 떴어요.

"으악!"

아이가 크게 소리를 지르자 모든 눈이 송이에게로 쏠렸어요. 그 소리에 떡을 나눠주시던 원장님께서 서둘러 달려오셨어요.

"우와! 여기 봐, 햄스터다!"

아이들은 다들 귀여운 햄스터를 보고 난리가 났어요. 햄찌는 낯선 환경에 몸을 잔뜩 움츠렸어요. 이 상황이 도무지 이해되지 않아 어리둥절했어요.

사실은 아르바이트하는 사람의 실수로 햄찌가 행복방 앗간에서 사랑보육원까지 오게 된 거예요. 상자 안에서 곤히 자는 햄찌를 흰 찹쌀떡으로 오해하고 포장한 실수 지요.

"어머, 이게 어떻게 된 일이지? 아무리 기부 음식이라도 그렇지, 당장 떡방앗간에 전화를 해봐야겠다."

원장님은 놀라셨고 위생 문제도 크게 걱정이 되었어요.

"안 돼요, 보내지 마세요!"

"선생님, 이 햄스터 저희랑 살면 안 돼요?"

막내 송이는 눈이 금세 그렁그렁해져서 선생님 바짓가

랑이를 붙잡았어요. 원장님은 애원하는 아이들에 둘러
싸인 채 고민했어요.

고민 끝에 햄찌를 돌려보내지 않고 보육원에서 키우기
로 했지요. 아이들은 플라스틱 공간 박스로 햄찌 집을
만들고 쳇바퀴와 먹이통을 사 와서 보금자리를 꾸며주었
어요. 햄찌는 아이들의 사랑을 받아 좋긴 했지만, 한편
으로는 민이 걱정도 되었어요.

'민이는 대회 준비를 잘하고 있을까? 내가 없어져서 슬
퍼하지 않을까? 어쩌지?'

햄찌는 다른 아이들 몰래 먹이를 주는 송이에게 말을
걸었어요.

"안녕, 송아. 혹시 내 부탁 들어줄 수 있니?"

"엥? 이게 무슨 소리지? 혹시 네가 말하는 거야? 찍찍
아?"

"내 이름은 찍찍이가 아니라 햄찌야. 그동안 너희들이
놀랄까 봐 말할 수 있다는 걸 숨기고 있었어."

"정말? 너 정말 멋지다! 말을 하다니!"

송이는 흥분해서 소리쳤어요.

"쉿, 난 너희들 도움이 필요해. 혹시 너희들 중에 행복
방앗간 민이를 아는 사람 있니?"

"민이? 아침 햇살 초등학교 다니는 민이 오빠? 나 그
오빠랑 같은 방과후 수업 들어."

송이가 대답했어요.

"그럼, 혹시 민이한테 내 이야기 해줄 수 있어? 다음
주에 민이를 도와 꼭 해야 할 일이 있거든."

"알겠어, 나만 믿어. 그나저나 너 진짜 대박이다!"

송이는 감탄하며 햄찌를 쓰다듬었어요.

한편 햄찌를 잃어버린 민이는 걱정이 이만저만이 아니

었어요. 고양이가 햄찌를 물어가 버린 건 아닌지, 사고가 난 건 아닌지 잠이 오지 않았어요. 요리에 눈이 팔려 햄찌를 잊어버리는 치명적인 실수를 하다니. 뒤늦게 햄찌가 생각나 부랴부랴 찾았을 때는 이미 햄찌는 어디에도 없었어요. 민이는 충격과 슬픔에 심장이 오그라드는 것 같았어요.

민이와 송이

주말이 지나고 등교해서도 민이 머릿속에는 온통 햄찌 생각뿐이었지요.

그런데 방과후 수업 시간에 옆자리 송이가 등을 쿡 찌르는 거예요. 책상에 엎드려 있던 민이는 벌떡 일어났어요.

송이가 소곤소곤, 햄찌 소식을 전해줬어요. 민이는 뛸
듯이 기뻤어요. 송이는 보육원이 아닌, 보육원 근처 공원
으로 민이를 불렀어요.

학교 친구들에게 보육원에서 사는 것을 보여주기 싫었거든요. 민이가 공원에 도착하니 송이가 하얀 햄스터를 들고 서 있었어요.

"햄찌야!"

민이는 반갑게 소리치며 달려갔어요.

"민아! 그동안 보고 싶었어. 처음에는 너랑 떨어져서 너무 무서웠는데 여기 송이가 돌봐줬어."

햄찌가 눈물을 글썽였어요.

"햄찌가 우연히 우리 집에 왔어. 계속 키우고 싶지만 원래 오빠 동물이니까 돌려줘야겠지…. 헤어지려니 너무 아쉽다."

송이가 아쉬움 가득한 표정을 지었어요.

"보고 싶을 거야, 햄찌."

"송이야, 나도 보고 싶을 거야. 그동안 돌봐줘서 고마워."

송이는 끝내 울음을 터트렸어요. 그렇지만 곧 눈물을 닦고 햄찌를 민이에게 건네줬어요.

"이번 주 일요일에 여기 이 공원에서 한식 페스티벌 하는 거 알지? 그때 우리 또 만나자. 우리 가게가 대회에 나오거든. 햄찌도 데리고 나올게."

민이의 제안에 송이는 잠시 망설였어요.

"혹시 원장님이, 아니 엄마가 허락 안 해주시면…. 못 나올지도 몰라. 그래도 최대한 나오려고 해볼게!"

송이는 머리를 긁적이며 대답했어요.

요리대회

드디어 대회 날이 되었어요. 맑은 하늘에 미세먼지도 없는, 요리대회를 하기 아주 딱 좋은 날씨였지요.

민이 가족은 행복방앗간의 이름을 내걸고 요리 부스에 섰어요.

아빠는 열심히 떡을 치대고 엄마는 재료 손질을 했어요. 민이도 밤새 햄찌와 연구해서 개발한 찹쌀떡을 만들었지요.

민이는 해바라기씨, 호박씨가 들어간 맛도 영양도 일품
인 최고의 떡을 만들기 시작했어요.

검정깨로 만든 눈코까지, 햄스터를 닮은 듯한 겉모습도
정말 귀여웠어요.

햄찌는 테이블 밑의 케이지에서 조용히 민이를 응원했
어요. 최대한 얌전하게 보통 햄스터처럼 말이에요.

심사 위원들은 민이네 떡을 먹고 고개를 끄덕였어요. 특히 민이가 만든 찹쌀떡은 정말 인기가 좋았어요.

대망의 마지막 결과 발표 시간! 모두가 결과를 기다리며 숨을 죽였어요.

하지만 아쉽게도 대상과 최우수상은 다른 음식점에 돌아갔어요. 민이 가족은 실망해서 다리에 힘이 쭈욱 빠졌어요. 민이 아빠와 엄마가 민이의 처진 어깨를 감싸주었어요.

그때였어요. 마이크를 든 진행자의 목소리가 크게 울려 퍼졌어요.

"이번에는 정말 우열을 가리기 힘든 훌륭한 출품작들이 많았습니다. 특히 디저트 부문은 아주 치열했지요. 자, 그럼 마지막 상을 발표하겠습니다."

숨을 고르는 사회자의 목소리에 민이는 침이 꼴딱꼴딱 넘어가고 심장이 방망이질했어요.

"이번 한식 페스티벌 요리 경연대회의 디저트 부분 특별상은 바로! 행복방앗간의 행복찹쌀떡!"

"우와! 민이야, 네가 해냈어!"

민이 아빠가 민이를 번쩍 들어서 안았어요. 민이는 얼떨떨했지만, 곧 등을 떠밀려 시상대로 올라갔어요. 민이가 상을 받고 돌아서는데 힘찬 박수 소리와 우레와 같은 함성이 들렸어요.

사랑보육원 아이들이 모두 민이네를 응원하러 나온 거예요. 저 멀리 송이가 쑥스러워하며 손을 흔들었어요. 시상식이 끝나고 사랑보육원 원장님은 민이 엄마, 아빠와 이야기를 나누셨어요. 민이는 햄찌를 꺼내 아이들에게 만지게 해줬어요.

"햄찌, 보고 싶었어! 정말, 정말로!"

"다시 만나서 반가워. 송이야."

햄찌는 송이의 손에 폴짝 뛰어 올라갔어요. 송이는 햄찌가 팔을 오르내리자 간지러움에 까르르 웃었어요. 짧은 만남이었지만 햄찌는 새로 사귄 친구들이 너무 좋았어요. 특히 착하고 친절한 송이가 마음에 들었어요. 아쉬움 가득한 만남을 뒤로하고 민이네는 집으로 돌아왔어요.

그날 밤, 피곤했는지 민이는 금방 잠에 곯아떨어졌어요. 그런 민이 옆에서 엄마, 아빠는 밤늦게까지 도란도란 이야기를 나눴어요. 햄찌는 어둑어둑한 안방에서 들리는 아빠, 엄마의 목소리에 귀를 기울였어요. 햄찌는 방긋 웃었어요. 왠지 송이를 다시 만날 수 있을 것만 같았거든요.

몇 달 후, 사랑보육원 앞에는 행복 떡방앗간 트럭이 서 있었어요. 그리고 원장 선생님이 민이 부모님께 건네주는 입양 서류에는 송이의 활짝 웃는 사진이 붙어 있었답니다.

나의 첫 로봇 드림이

펴 낸 날   2024년 12월 10일

지 은 이   황정순
펴 낸 이   이기성
기획편집   서해주, 윤가영, 이지희
표지디자인   서해주
책임마케팅   강보현, 김성욱
펴 낸 곳   도서출판 생각나눔
출판등록   제 2018-000288호
주   소   경기도 고양시 덕양구 청초로 66, 덕은리버워크 B동 1708호, 1709호
전   화   02-325-5100
팩   스   02-325-5101
홈페이지   www. 생각나눔.kr
이 메 일   bookmain@think-book.com
블 로 그   https://blog.naver.com/think-child

• 생각의창은 도서출판 생각나눔의 어린이 책 브랜드입니다.
• 책값은 표지 뒷면에 표기되어 있습니다.
  ISBN 979-11-7048-803-3 (73810)

강원문화재단 / 강원특별자치도
Gangwon Art & Culture Foundation GANGWON STATE

• 이 도서는 강원특별자치도, 강원문화재단 후원으로 발간되었습니다.